Weil eine Welt mit Geschichten
eine bessere Welt ist.

MamaWahnsinnHochVier

Tausend und (k)eine Nacht

Life is a story

schreib's auf
story.one

1. Auflage 2020

Herstellung, Gestaltung und Konzeption:
Verlag story.one publishing – www.story.one
Eine Marke der Storylution GmbH

Gesetzt aus Minion Pro und Lato.

Printed in Austria.

ISBN: 978-3-99087-166-9

Meine Lieblinge verkürzen mir
zwar die Nächte, dafür versüßen
sie aber meinen Alltag und
machen ganz nebenbei einen besseren
Menschen aus mir. Danke dafür!
Merci auch an K. und G.

INHALT

Sonntags, ja Sonntag!

Wenn man mit vier Kindern und einem kleinen Baby-Hund denkt, das Leben und der Alltag mit drei Kids war relaxt, dann kann man sich auch gewaltig täuschen. Oder fast daneben ist ebenso dabei. Schon damals ging es nicht besser. Beziehungsweise: GÄHHHHN, liebe Leserschaft!

ENDLICH WOCHENENDE!!! Sonntag. Im Grunde liebe ich diesen RUHIGEN Wochentag, ihr nicht auch? Prinzipiell ist es bei uns nämlich der einzige Tag, an dem meine Mädchen von alleine aufstehen und nicht geweckt werden müssen. Unter der Woche tu‘ ich mir schwerer damit. Besonders montags, aber das ist dann wieder eine andere Story, besser schnell zurück zum Sonntag.

Tagwache ist um 5:45 Uhr, zumindest für eine meiner Frühaufsteherinnen, sie kommt ins Zimmer gestürmt. Im Doppelbett liegen der noch sehr tief schlafende älteste Sonnenschein und unser Baby-Mädi, das mir sein bezauberndstes Lächeln schenkt. Also beim Einschlafen am Abend war definitiv nur mein Göttergatte neben mir, er dürfte in der Nacht ins andere Schlafzimmer (eigentlich das zweite Kinderzimmer) geflüchtet sein. Hallo Welt!

Es ist 5:50 Uhr. Während ich das Baby-Mädi schnell stille (weil was getan ist, ist getan), darf ich mit der munteren fast Vierjährigen verhandeln. Sie ist hungrig und durstig. Wie mache ich das? Ich müsste eigentlich noch kurz ins Bad.

Wir gehen einen Kompromiss ein: Ich liefere ihr den Kakao mit Reismilch im Fläschchen ans Bett, dafür darf ich dann kurz ins Badezimmer. Tja, Reismilch deshalb, weil Kuhmilch nicht mehr so en vogue ist, Hafermilch nicht so gut schmeckt und Dinkel- und Mandelmilch noch nicht im Trend sind... Gesagt, getan. Immer diese taktische Tandlerei, also die Signore und Signori im benachbarten Tarvis am italienischen Markt sind großzügiger und bei weitem nicht so hartnäckig.

Um 6:00 Uhr stehe ich dann endlich im Badezimmer, natürlich die zwei munteren Mäuse im Schlepptau. Das Baby-Mädi spielt brav am Teppich und die Kakao-schlürfende Frühaufsteherin sitzt auf dem Kästchen und schaut gespannt zu. Diese Zeit muss ich ausnützen, sie gehört nur mir ganz alleine!! Schnell wasche ich mein Gesicht, creme es ein und curle mir dann neben meinen Beckenbodenübungen auf einem Fuß stehend die Wimpern.

Die große Prinzessin und der Göttergatte schlafen noch immer.

Das Fläschchen der Mittleren ist inzwischen leer.

Doch da wäre ja noch etwas: Achja, der Hunger. Schnell husche ich in die Küche und mache ihr ihren geliebten Grieß-Getreidebrei mit frisch zerquetschtem Bananenmatsch, bringe ihn ihr und lasse sie ihn – ausnahmsweise – neben dem noch schlafenden Papa und dem glücklichen Baby-Mädi im Bett essen. Ein fataler Anfängerfehler: Das Mädi und das Baby sind voller Brei. Wie durch ein Wunder ist das Bett sauber geblieben.

Für mich aber das größere Wunder ist, dass der Göttergatte noch immer seelenruhig schläft. Und das wie ein Murmeltier.

Sonntags - heiter geht es weiter...

Heiter geht es weiter...

6:45 Uhr: Schnell husche ich mit dem kleinen entzückenden Wonnebrocken zum Wickeltisch und ziehe den Schatz um. Der Kleinen ist es - Gott, Buddha, Allah (beliebig einsetzbar) - sei Dank noch egal, was sie heute trägt. Anders ist das dann mit ihrem älteren Schwesterchen. Der Reißverschluss am unteren Ende der Hosenbeine gefällt ihr nicht, er tut ihr weh. Rasch suche ich eine neue Hose, die passt. Beim Oberteil ist wieder viel Überzeugungskraft angesagt, das Grün am Shirt ist zu grün, das Blau zu dunkel, das Pink zu knallig und warum liegt eigentlich die graue Lieblingsbluse schon seit fast einer Woche in der Wäsche und ist noch immer nicht im Kasten? Lange Rede, kurzer Sinn: Um 7:15 Uhr sind die zwei Augensterne dann fertig.

Ich gebe noch schnell einen Primer und ein Make-up auf mein übermüdetes Gesicht, ziehe einen zarten dunklen Lidstrich und tusche mir die Wimpern, um wenigstens etwas von den Augenringen abzulenken. Schon tappt mein großer blonder Engel herein, die Große ist – teilweise – recht unkompliziert. Zumindest beim Anziehen gibt es heute keine elendslangen Diskussionen, sie vertraut mehr oder weniger meinem sorgfältig ausgewählten oder Papas (nimm-das-Oberste) Geschmack.

Am Sonntag um halb acht Uhr in der Früh sind dann alle meine drei Mädchen fertig. Frisuren bekommen sie heute keine, die Haare werden nur gekämmt, schließlich darf Mama am Sonntag ja kürzer treten. Meinem lieben Göttergatten ist es dann mittlerweile auch zu laut geworden, er ist aufgestanden und hat uns beehrt.

Heiter geht es in diesem sonntäglichen Tempo weiter: Frühstück mal fünf, Wäsche mal sieben, etc. pp. Fad wird mir nicht.

Mein persönliches Sonntag-Highlight kommt allerdings um 10 Uhr und das kann nur schwer oder kaum getoppt werden!

„Mama, das frage ich mich schon die ganze Zeit“, höre ich plötzlich, mein frühaufstehender Dreikäsehoch pustet sich auf. Der Liebling sieht mich zwischen meinem zweiten kalt werdenden Kaffee und der Wäsche mahnend an und fragt: „Mama, warum bist du eigentlich die einzige in der Familie, die noch immer im Pyjama herumläuft?“ Ihr Blick ist streng und mahnend zugleich. Herrlich! Tja, schmutzig, fettig und voller Eierspeise wäre der pinke Pyjama noch dazu. Doch Glück gehabt, das hat sie nicht bemerkt!

Was mich allerdings in dieser und in ähnlichen Situationen immer wieder aufmuntert: Es geht uns allen gleich. Egal ob mit einem, zwei, drei oder mehreren Kindern und/oder vielleicht sogar einem Hund. Einen Frühaufsteher gibt es in jeder Familie!

Guten Morgen und trotzdem liebe ich den Sonntag!!! Ihr nicht auch??

Schlafmangel oder der verschwundene Mann

Ausgeschlafen war ich das letzte Mal vor X Jahren, aber nun ist zu meiner Verwunderung das Bett neben mir leer, mein geliebter Mann verschwindet plötzlich! Und das, obwohl wir damals nur drei Kinder hatten...

Dabei hat es am Abend davor recht nett angefangen: Mein lieber Mann und ich gönnen uns ein Gläschen Wein und plaudern. Natürlich über die Kinder, im Anschluss über Gott und die Welt. So gegen 10 Uhr legen wir uns hin, alles ist ruhig. Noch. Er ist ziemlich müde, schläft gleich ein. Ich nehme meinen E-Reader und lese ein paar Seiten, mehr geht eh nicht mehr, nach dem anstrengenden Tag bin auch ich erledigt. Kaum gebe ich das „Buch" zur Seite und kuschle mich zu meinem schlafenden Schatz, höre ich einen Schrei aus dem Zimmer der zwei „großen" Mädis: „Wassseeerrr!" Ich ignoriere es mittlerweile schon gekonnt, es folgt ein „Gluckgluckgluck". Wir haben vorgesorgt, die gefüllte Wasserflasche steht neben dem Bett bereit.

Wieder kuschle ich mich zu meinem Göttergatten. „Tapp-tapp“ – ein Mini-Menschlein kommt in unser Bett. Die Kleine liebt die Mitte und legt sich zwischen uns. Ihre kleinen Beinchen bleiben natürlich nicht ruhig, wie können sie auch? Sie treten. Und treten. Und treten freilich MICH. An Nachtruhe ist nicht zu denken. Ich decke das Mäuschen zu und beneide meinen (bereits sehr tief schlafenden) Göttergatten.

„Mama! Maaammmaaa! Komm!“, jetzt schreit die nächste Prinzessin um Hilfe. Ich gehe zu ihr ins Zimmer, streichle über ihren Kopf. „Mama! Mama! Mein Fuß tut so weh!“ OMG – ihr Gelsenstich (!). Schnell hole ich eine Salbe, creme die „Verletzung“ ein. Schon ist alles besser. „Mama! Mama, ich komme zu dir ins Bett. Dann wird alles wieder gut!“, sagt sie zuckersüß. Zu viert in einem Doppelbett bei gefühlten 25 Grad Außentemperatur? So lieb das klingt, aber trotzdem: Nein, DANKE!!! Wir haben für den Notfall noch ein Gästebett – ich packe die Maus zusammen und wir gehen in dieses Ausweichbett, kuscheln und schlafen endlich ein. Sie liegt dann zwar zwischenzeitlich auf mir – aber egal.

„ÄHHHH! ÄHHHH!“, höre ich plötzlich das Baby-Mädi weinen. Es schläft eigentlich im

Gitterbett neben meinem Göttergatten. Doch es jammert weiter – hört das mein lieber Mann denn nicht? Ich stehe auf, stapfe vom Gästezimmer in unser Schlafzimmer.

Und dann: SCHOCK!!!! Das Doppelbett ist quasi leer, drinnen liegt nur ein noch immer tretendes Kind. WO ist bloß mein Göttergatte? Ist er geflüchtet? Hat er genug? Das kleinste Mädi streckt mir währenddessen die Arme entgegen. Ich nehme es und ignoriere die Abwesenheit meines Mannes – die Müdigkeit hat schlussendlich gesiegt.

In der Früh wache ich zerknautscht mit zwei Füßen in meinem Gesicht auf. Mein erster Gedanke: „WO ist er? Gönnt sich mein Schatz eine Auszeit?"

Zum Glück NEIN. Er schleicht ins Zimmer. „Ich hab im Mini-Stockbett geschlafen. Alles war voll und die Kleine hat mich im Dreivierteltakt getreten. Ich musste flüchten!" Tja, also nicht nur ich!

Wenigstens die Kinder sind ausgeschlafen.

Die Väter und das Ausschlafen

Ich bin keine Jammererin, das passt nicht zu mir. Aber manchmal, da geht es nicht anders. Manchmal muss es sein...

Fürs Protokoll und weil es vorher gesagt werden muss: Bevor ich euch diese etwas merkwürdige und irgendwie auch sonderbare Geschichte erzähle, möchte ich noch sagen, dass ich im Grunde, im Prinzip und eigentlich sehr, sehr dankbar bin. Mein lieber Mann unterstützt mich, wo er kann, ist immer für meine Kinder und mich da und hilft, sofern es die Zeit zulässt. Tja, nur manchmal eben, eh schon wissen... Irgendwie ticken Männer halt scheinbar manchmal anders...

Nun aber zur eigentlichen Geschichte: Ich habe am Vorabend meine Freundinnen getroffen und war mit ihnen ein bisschen unterwegs. Nichts Tragisches, zwei Gläser Prosecchi bis Mitternacht, um halb eins war ich bereits daheim und im Bett. Ich wusste ja schließlich, was mich am nächsten Tag so erwartet.

Ich dürfte es gerochen haben. Um Punkt 5:45 Uhr ist eine meiner Prinzessinnen putzmunter und schaltet das Licht im Schlafzimmer ein. An einem Samstag wohlgemerkt. Mein lieber Mann schnappt sich sein Kissen und flüchtet ins Ausweichbett. „Na gut“, denke ich mir und versuche mich, mehr schlecht als recht, unter meinem Polster zu verstecken. Leider vergeblich. „Mama, du bist ja munter. Ich hab dich am Abend so vermisst“, sagt sie. „JUHHHUUU! Hallo Mama“, schon ist auch unsere nächste Zuckerpuppe unter meiner Decke. Ebenfalls putzmunter.

Ich komme einfach nicht aus, schlafen lassen mich die zwei Schätze nicht mehr. Doch ich bin, wie ich bin, und versuche dennoch, das Beste aus dieser Situation herauszuholen, nehme eines unserer Lieblingsbücher und lese die Geschichten vom Franz vor.

Wir lesen also ein bisschen, blödeln und haben Spaß. Ich bin zwar noch müde, doch egal – von Minute zu Minute macht sich der Schlafentzug weniger bemerkbar und wird unwichtiger (ich gähnte nur mehr alle fünf Minuten). So gegen 7 Uhr bin ich dann endlich munter, just zu dem Zeitpunkt, als mein lieber Mann mit der kleinsten Maus ins Zimmer stapft. „Die Kleine hat mich gerade geweckt. Aber du siehst auch müde aus“, begrüßt er mich und bietet mir an, mich nochmals hinzulegen. Dumm gelaufen, jetzt ist es schon zu spät. „Hättest was gesagt, ich wäre natürlich früher aufgestanden!“, rechtfertigt sich mein lieber Göttergatte. Bestimmt?! Aber egal, ich bin ja nicht nachtragend…

So, wer denkt, das war jetzt die Pointe, irrt sich. Die kommt eine halbe Stunde später. Gutgläubig wie ich bin, will ich von meinem Herzblatt wissen, wie sein Abend so war, welchen Film er sich angesehen hat usw... Man weiß ja nie.

„Nichts Aufregendes. Ich habe nichts geschaut und nichts gemacht, ich bin mit den Kindern eingeschlafen“, erklärt er mir. „Wann bitte?“, bin ich neugierig. Die ziemlich unverblümte Antwort kommt prompt: „Um halb acht!“

ÄHHHHHHHHH!!! Ein eleganter Zwölf-Stünder oder zwölf Stunden Schlaf! Wann hatte ich das das letzte Mal?

Und ihr so, liebe Leserschaft?

Schlaf- und Mama-Rookie-Fehler

20:45 Uhr: Unsere Einschlafrituale gehören schleunigst modifiziert. Eine nähere Erläuterung würde jetzt aber vom eigentlichen Thema ablenken und den Rahmen dieser Geschichte sprengen, ich werde mich demnächst aber einmal ausführlich dieser Problematik widmen… Versprochen! Fakt ist es nämlich, dass der letzte Liebling erst knapp vor neun Uhr einschläft. By the way: mein lieber Göttergatte übrigens auch.

21:00 Uhr: Ohhh… Ich nutze die unerwartete METIME, wie es Neudeutsch schön heißt, gönne mir mit gutem Gewissen eine heiße Badewanne und blättere in der neuen Vogue! Rookie-Fehler Nr. 1: Ich sollte besser auch ins Bett gehen und den Schlaf nützen.

21:30 Uhr: Herrlich… Leider bin ich noch immer nicht müde, ich checke noch schnell ein paar Mails. Rookie-Fehler Nr. 2: Warum bin ich noch immer nicht im Bett? Der Schlaf vor Mitternacht ist ja bekanntlich der beste.

22:30 Uhr: Endlich gehe ich ins Schlafzimmer und lege mich in mein Bett, ich lese noch ein paar Zeilen am E-Reader (Rookie-Fehler Nr. 3) und kuschle mich in mein Kissen.

23:00 Uhr (und nach etwa 20 Minuten Schlaf): Ähhhh… Hust… Ähhhh… Hust… Ähhhh… Mein kleiner Sonnenschein ist verkühlt, hustet und bekommt schlecht Luft. Schnell gebe ich dem Kind einen Nasenspray, laufe in die Küche und mache ein Ölfleckchen. Rookie-Fehler Nr. 4: Das hätte ich 30 Minuten früher auch schon machen können, es war bereits vorher verkühlt und gehustet hat es auch. Zwar nur leicht aber immerhin…

0:30 Uhr: Tapp. Tapp. Tapp. Eine Zuckerpuppe kommt ins Mama-Papa-Bett, krabbelt über mich drüber und legt sich in die Mitte. Mittlerweile bin ich schon wieder froh, dass sie mich nicht in ihr Bett lotsen will und lasse sie…

1:30 Uhr: „Mama, Mama, Durst! Durst“ – für ein Bitte und ein Danke eh schon wissen... Wohlweislich hat sie ihre Flasche mitgebracht. Rookie-Fehler Nr. 5: Sie hätte vielleicht am Abend doch keinen Grillkäse essen sollen – Pikantes macht ja bekanntlich durstig.

2:45 Uhr: Hust. Hust. Hust. „Sasser! Sasser!" – die Kleinste ist munter. Ihr Gitterbett steht noch neben unserem Doppelbett. Ihre Flasche ist zum Glück griffbereit am Nachtkästchen. Rookie-Fehler Nr. 5: Same same… Dieser Grillkäse – der gleiche Fehler mal zwei. Das nächste Mal gibt es eine Gemüsebrühe ohne Gewürze.

3:00 Uhr: Unvorstellbar und gemein. Eine Gelse hat sich ins Zimmer verirrt und summt bei meinem Ohr. Rookie-Fehler Nr. 6: Offene Fenster und Licht vertragen sich nicht so gut – zumindest nicht, wenn man von Gelsen verschont bleiben will.

3:50 Uhr: Tap. Tapp. Tappppppp. Ein anderer Ton – ein weiteres Kind. Mein großes Fräulein steht neben meinem Bett. „Mama! Mama – komm mit mir, ich möchte mit dir in ein anderes Bett gehen. Du hast ja hier überhaupt keinen Platz!"

5:30 Uhr: Ring! Ring! Ring! Der Wecker! Rookie-Fehler Nr. 7: Es ist Sonntag!

FAZIT: UND ICH BIN MÜDE, WIRKLICH MÜDE.

Der Trick vom Schlafen im eigenen Bett

Gutgläubig oder positiv-denkend, wie ich bin, habe ich gehofft, unser dreijähriges Mädchen zumindest ein wenig ausgetrickst zu haben. Doch, nichts da: 1:0 für sie! Und das bereits 2015. Mittlerweile habe ich aufgehört zu zählen.

Du musst wissen, unser (ehemaliges) Sandwichkind kostet seine Position - als ob es schon etwas geahnt hätte -, voll und ganz aus. Immer und überall. Beim Frühstückstisch. Im Auto. Im Restaurant. Im Urlaub. Und selbstverständlich auch im Bett zwischen Mama und Papa. Abend für Abend tappt die Kleine gegen Mitternacht in unser Schlafzimmer, steigt ohne Wenn und Aber über mich drüber und legt sich prominent in die Mitte. Quer natürlich!

So weit, so gut. Nun sind jedoch weder mein lieber Göttergatte noch ich die „konsequenten" oder „du-musst-weil-dann-sonst" Eltern, die um 0:03 Uhr aufstehen und die Süßen wieder zurück ins eigene Bettchen tragen. Bei meinem Mann traue ich mich unter vorgehaltener Hand zu behaupten, dass er zu müde und schlichtweg zu faul dafür ist... Und ich als Mama denke mir hingegen: „Wie lange werden sie spät nachts in unser Bett kommen und mit uns kuscheln wollen?“ Irgendwann – wenn wir dann auf ihr Heimkommen nach dem Weggehen warten – werden wir diese Nächte wieder herbeisehnen... Sorry, ich schweife wieder einmal aus.

Aber keine Angst, trotz meiner Panik, was in zehn Jahren alles so sein könnte, bin ich zumindest ein wenig Realistin und will den nächtlichen Wandertag freilich auch ein bisschen eindämmen.

Tja, und als wir dann bei der Kinderärztin sind, nutze ich die Gunst der Stunde. Meine Zuckerpuppe will wissen, ob sie gewachsen ist – ich soll sie abmessen. Aber: Nichts. Nada. Niente. Nicht einmal einen halben Millimeter. „Leider nein, mein Schatz“, sage ich und kombiniere: „Du musst wissen, dass Kinder prinzipiell nur im eigenen Bett wachsen. Im Bett von Mama und Papa geht das leider nicht.“ Sie schaut mich verdutzt an.

„Siehst du! Deshalb bin ich ein bisschen größer geworden. Ich schlafe auch nicht mehr jede Nacht bei euch“, gießt die ältere Schwester

Feuer in die Wunden. Nicht ganz unwesentlich: Die Feststellung „nicht mehr jede Nacht“ ist bei einer Wahrscheinlichkeit von drei aus fünf auch etwas übertrieben, aber ich lass sie reden.

Mmmmhhh... Was ich nun allerdings nie zu träumen gewagt hätte: Mit dieser vielversprechenden Aussage habe ich mir selbst ins Fleisch geschnitten. Warum? Die Nacht darauf stapft mein lieber Sonnenschein wie üblich zu uns. Doch: Sie krabbelt nicht wie sonst über mich. Stattdessen steht sie neben mir, klopft mir auf die Schultern, schüttelt mich und schreit mir ins Ohr. „Mama, Mama! Du musst jetzt mit mir gehen! Steh jetzt bitte auf. Mama! Sofort!“ „Was ist passiert? Hast du schlecht geträumt?“, frage ich schlaftrunken.

„Nein, Mama. Du musst mit in mein Bett! Ich muss schließlich noch wachsen!“

Ihr Bett ist 1,20 m lang x 40 cm breit!

DANKE und GUTE NACHT!

HA-HA oder ausschlafen

Der liebe Schlaf ist ein spannendes, seltenes und heiß geliebtes Thema, ich liebe es, darüber zu schreiben, sorry... Und diese Anekdote darf ich euch, liebe Leserschaft, schon überhaupt nicht vorenthalten, denn es geht einmal nicht um unsere nächtlichen Völkerwanderungen, sondern um das Ausschlafen an und für sich, die Luxusvariante par excellence sozusagen. Zugegeben, mein lieber Göttergatte und ich waren naiv und dachten tatsächlich, wir können unsere Augensterne austricksen, jeder von uns kommt zu seinem wohlverdienten Schlaf usw. Bitte nicht lachen! Ja, wir waren gutgläubig oder einfach nur naiv! Zu unserer Verteidigung: Wir schreiben das Jahr 2015!

Tja, unser ausgeklügelter Plan: Am Samstag schlafe ich aus, am Sonntag mein Mann. Jeweils der andere steht auf und kümmert sich um die Kinder.

Die Realität: „Mama, Mama, Mama – darf ich biiiiiittteeee mit dir kuscheln?“, nach drei Stunden ziemlich unruhigem Schlaf kommt ein

Engel um 6.00 Uhr zu mir ins Bett. Es wird eng. Zwischen zwei Tritten von der Schwester, die es sich ebenfalls bequem gemacht hatte, fragt sie: „Mama, was tust du lieber: schlafen oder mit mir kuscheln?“ AUA – wieder ein Tritt! „Kuscheln, natürlich! Was soll die Frage?“, antworte ich schlaftrunken.

Mein Göttergatte bekommt von allem nichts mit. „Mama, was tust du lieber? Mir etwas vorlesen oder schlafen?“, hakt sie nach. Jetzt wird es schon komplizierter! „Weißt du, mein Schatz, der Papa hat gestern gesagt, er liest dir gerne etwas vor, frag ihn“, spiele ich den Ball zu meinem lieben Mann, nehme meine Bettdecke und flüchte in ein Ausweichbett.

Schneller als geglaubt bin ich im Land der Träume - doch nach einer weiteren gefühlten Mini-Sekunde spüre ich im Halbschlaf plötzlich etwas bei meinen Haaren. Meine Mausis versuchen, mich zu frisieren und mir einen Zopf zu flechten.

„Wo ist der Papa?“, frage ich. Just in diesem Moment steht mein lieber Mann zum Glück im Zimmer und will die Augensterne überreden, mit ihm zu kommen. „Nein!!!!!“, protestieren sie. „Geht! Es gibt Muffins!", setze ich alles auf eine Karte. Haben wir normalerweise nie, aber wir wussten am Vortag bereits warum. Und: Sie gehen. Vorerst.

Nachdem sie aber satt und voller Schoko sind, stehen sie erneut bei meinem Bett. Die Große pustet sich von mittlerweile 1,22 auf 1,27 Meter auf und sagt bestimmend: „Mama, du musst aufstehen! Du hast schon den ganzen Tag verschlafen!" Ich schau auf mein Handy, es ist 8:00 Uhr. Immerhin!

Mein Trost: Meinem Göttergatten geht es am nächsten Tag nicht anders. Partout und ununterbrochen probieren sie von 6:00 bis 7:00 Uhr, zu ihm ins Bett zu huschen. Irgendwie und mit Muffins gelingt es mir, die Lieblinge abzulenken. Eine Stunde später weiß ich dann aber nicht mehr weiter: „Kinder, wir haben Papa versprochen, dass er ausschlafen darf. Versprochen ist versprochen. Das kennt ihr doch, oder?"

Die Antwort: „Also, Mama, WIR haben dem Papa GAAARRR NIIIXXX versprochen! Er soll jetzt gefälligst aufstehen!"

Gewand-Diskussionen in der Früh

Der Alltag hat uns wieder und ich gestehe, dass ich sogar ein bisschen stolz auf mich bin. Ich bin (derzeit noch) meinen Vorsätzen treu geblieben und bereite jeden Abend die Kleidungsstücke für meine drei Sonnenscheine vor. Aber keine Angst, trotzdem bin ich freilich nicht vor Diskussionen gefeit. Kennt ihr das, liebe Leserschaft?

Vor allem die Übergangszeit hat es in sich. Der Temperatursturz von 20 auf fünf Grad - oder doch umgekehrt - lässt meine Schätze (und auch mich) nicht kalt.

„Ich möchte das Blumenkleid anziehen!", „Das T-Shirt reicht, ich will kein langärmliges Shirt!", „Bitte eine kurze Hose" – ich bin im Argumentationsrückstand und erkläre unentwegt, dass ein Rock in Kombination mit einem T-Shirt – egal wie schön es auch ist – bei fünf Grad eindeutig zu wenig sei. „Am Nachmittag wird es eh warm – das ist doch egal", höre ich als Antwort.

Tja, geendet hat das Desaster nicht mit dem großen Regen, der die Temperaturen endgültig purzeln lässt, sondern damit, dass ich die von mir nicht gewünschten Teile weit weg räume. „Siehst du Mama – das ist jetzt viel besser. Das andere passt doch nicht", heißt es daraufhin. Na dann…

Weg oder nicht weg, keinesfalls außer Acht lassen darf man bei den Gewand-Diskussionen die Herausforderungen mit den Strumpfhosen und den Unterhemden. Vor allem die kleinste Puppe ist diesbezüglich ein kompletter Newie, sie hatte davor noch ihre Bodies und fühlt sich im Trägershirt unter dem langärmligen Shirt absolut nicht wohl. „Nein, nein, nein! Ich will das nicht. Ich ziehe das nicht an", schreit sie. Unsere Überredungskünste und Argumentationen helfen nichts, nein, und auch nicht die ihrer Schwestern. „Nein! Nein! Nein", brüllt sie. Geschafft hat es dann unser ältester Sonnenschein, der der kleinen Maus ein rosarotes Unterleibchen bringt. „Ich habe es ja gewusst, sie liebt rosarot", so unser großes Mädchen. Pädagogisch vielleicht nicht wertvoll oder nachahmenswert, aber ich habe daraufhin unsere Mini-Unterleibchen-Garderobe umgetauscht und neue besorgt. Alles in rosarot, Hello Kitty, Elsa und Co.

Egal, unter dem Shirt sieht das niemand und der kleine Liebling ist happy.

Und dann hätten wir noch das leidige Thema rund um die Strumpfhosen, das wir nicht vergessen dürfen. Unter der Jeans müssen sie nicht sein, da gebe ich allen recht, aber eine dünne Sommerleggings ist bei fünf Grad doch etwas zu frisch, finde ich halt. Nachdem eine Prinzessin so aus dem Haus spazieren will, erlaube ich mir, ihr eine dünne Strumpfhose zu geben und bitte sie, diese wenigstens in der Früh anzuziehen.

“Mama, niemand hat Leggings und Stumpfhosen an!” Ich kann mir das nicht vorstellen und frage nochmals nach. Ihre Antwort: “ Doch, warte! Jemand läuft auch so komisch herum.” Selbst noch ein bisschen schlaftrunken frage ich naiv nach: “Wer?” “Meine Schwester!“, sagt sie. AH-HA! Sie darf sie trotzdem anziehen.

Wie ihr also seht, trotz der Vorbereitungen am Vorabend wird es in der Früh trotzdem nicht langweilig.

Ideenreichtum in der Früh

Egal wie groß der Zeitpuffer ist, am Schluss zählt in der Früh jede Sekunde. Theoretisch könnte ich um 4:30 Uhr aufstehen und es wäre trotzdem zu spät. Praktisch läutet der Wecker in der Regel um 5.30 Uhr. Hier ein kleiner Auszug, was so zwischen 6 und 7 Uhr in der Früh passieren kann:

GOLD UND SILBER: Das Gewand muss zusammenpassen, ohne Wenn und Aber. Ich sehe das eigentlich auch so – eine Maus hat sich einen Rock hergerichtet und fragt: „Mama, Gold und Silber kann ich das anziehen – passt das zusammen?“ Bevor ich antworten kann, fällt mir die nächste Prinzessin ins Wort: „Ist doch egal, du bist ein Kind!“ „Na und?! Trotzdem will ich schön sein!“, antwortet sie. Hach, diese Schlagfertigkeit…

FRISUREN IN DER FRÜH: Der Frisurenwunsch kann spezielle Formen annehmen und auch ausarten. Im Prinzip mache ich – pädagogisch wieder einmal nicht allzu wertvoll und nicht nachahmenswert – mit dem Frühstücksbrot im Mund nicht drei Zöpfe, sondern immer fünf. Zwei passen nie. Der Zopf ist mal zu hoch, mal zu tief oder zu weit rechts. Am liebsten hätten meine Schatzis jedoch offene Haare. „Das sieht so schön aus!“, erklären sie mir. Allerdings kommen sie jedes Mal, wenn ich mich doch überreden lasse, mit einem wunderschönen Zopf von der Schule oder dem Kindergarten heim… Gemacht von den Kindergärtnerinnen.

EIERSPEISE ODER DOCH PANCAKE: Keine Ahnung, wie das bei den anderen Familien ist, aber für eine Eierspeise oder einen Pancake haben wir unter der Woche keine Zeit. Mein lieber Mann und ich müssen es in diesem Fall in Kauf nehmen, als schlechte Eltern abgestempelt zu werden – bei uns gibt es schlicht und einfach ein Brot oder ein Joghurt mit Müsli. Sorry… Auch wenn die Schatzis fragen und probieren, ein Omelett oder ein Spiegelei mit oder ohne Schinken sind nicht drinnen.

DER WEISSE TELLER: In der Vorweihnachtszeit war es das weiße Sackerl vom Adventskalender, im Jänner der pinke Becher, jetzt ist es der wunderschöne weiße Teller. „Der hat keinen einzigen Kratzer, er ist sooo schön“, heißt es. Warum das so ist, weiß ich nicht – auch woher wir ihn haben, ist mir entfallen. Die Prinzessinnen haben nun einen internen Deal, jeden Tag ist eine andere dran und darf sich das begehrte Stück nehmen. Und wehe, es kommt etwas dazwischen oder eine nutzt die Gunst der Stunde und ist schneller. Drama und Schreierei sind vorprogrammiert „Mama, heute bin ich dran!“, brüllt jeweils ein Schatz abwechselnd. Ich bin schon so weit, mehrere „wunderschöne weiße Teller“ oder „pinke Becher“ zu besorgen. Doch dann sind es die Gabeln, wetten? Und wenn die nicht, der Stuhl!

DAS FREUNDSCHAFTSBUCH: Mindestens einmal pro Woche beschäftigt uns ein Freundschaftsbuch und mutiert zur dringenden Morgenaufgabe. Wir haben ja sonst keine Probleme. „Mama, wir müssen es zurückgeben!“ Die siebenjährige Prinzessin ist ja schon so weit und probiert es selbst, wenn dann aber der Berufswunsch „Palarinarien“ heißt, muss ich dennoch die Notbremse ziehen oder die Übersetzung drüber schreiben.

Drei Kinder in einem Zimmer?

Als wir unser Haus vor den Kindern planten, haben wir uns am Durchschnitt orientiert und mit zwei Kids gerechnet, wobei genau genommen ist das eh schon mehr als 1,4. Das ist jetzt zwar frei von der Leber weg gesagt, aber es ist wahr und ändert nichts an der Tatsache, dass wir „nur" zwei Kinderzimmer haben. Doch das Leben ist dann – zum Glück – dazwischen gekommen.

Sodala, schön und gut – zwei Kinderzimmer für drei Mädchen, noch dazu mit einem so geringen Altersunterschied – DAS müsste doch gehen, gebt ihr mir sicher recht. Vor allem auch deshalb, weil im Eltern-Schlafzimmer so oder so ein extra breites Familienbett steht. Ja, es hat funktioniert – aber nur fast.

Wir lieben die nächtlichen Abenteuer und sind den umgekehrten Weg gegangen, wir haben sogar nur ein Kinderzimmer. Ja, liebe Leserschaft, ihr hört recht! Jetzt unabhängig von den Puppen, Autos und Co. im Wohnzimmer, Büro, Keller natürlich. Ich habe es aufgeben, der

Rest ist so oder so zur Toys'r'us (Achtung veraltete Werbung) Filiale oder zum Spielezimmer mutiert. Aufgrund unserer nächtlichen Völkerwanderungen – eh schon wissen – ist ein Raum zum Gäste- oder Ausweichzimmer umfunktioniert worden. Unser altes Doppelbett steht drinnen und sichert uns zumindest teilweise den Schlaf. Und deshalb gibt es hier auch nur ein Kinderzimmer...

Ihr fragt euch nun eventuell: Wie funktioniert DAS – drei Kinder in einem Zimmer? Die Wahrheit: Es stehen zumindest mal die drei Bettchen oder theoretischen Homebases drinnen. Die Betonung liegt allerdings beim Wörtchen theoretisch. Denn egal, was man sich mit Kindern vornimmt, Situationselastizität ist das Geheimrezept, es kommt freilich immer anders, als man denkt und das ist auch gut so. Der Bettentausch in Familien gehört einfach dazu – jeder schläft in jedem Bett, Papas auf einer Mini-Matratze von 40 x 120 sind keine Seltenheit, oder? Das war schon vor über dreißig Jahren bei mir als Kind so, warum soll sich das auch ändern?

Hand in Hand mit dem Bettentausch kommt dann freilich auch der morgendliche Orientierungs-Gedanke. Beides geht ohne einander nicht. Nach den durchwachsenen Nächten heißt es: „Was ist links? Was rechts? Wer ist neben mir? Wo bin ich?“ Zumindest bei uns ist es so. Es wäre unpassend, wenn wir das Hochbett der großen Zuckerpuppe mit dem Kinderbettchen der kleinsten Maus verwechseln. Das könnte ins Auge gehen. In diesem Fall wäre es besser, sich für die Rutsche zu entscheiden… Und wer glaubt, dass wir im großen Bett alle Platz haben müssten, täuscht sich leider, denn drei tretende Menschlein nehmen vieeeeeel Platz ein…. Glaubt mir!

Wie ihr also seht, es funktionierte mehr schlecht als recht. Irgendwie werden wir – nona-ned – das Gefühl nicht los, dass wir doch ausbauen sollten....

Doch keine Angst: Jahre später, ein Kind und einen Hund mehr frage ich mich, warum wir diesem Gefühl noch immer nicht Raum gegeben haben. ;-)

Einschlafritual oder besser nicht?

Gute Nacht! Keine Ahnung, warum ich unser Einschlafritual hier immer weglasse. Klammer auf. Ich weiß schon warum. Klammer zu. Es ist tatsächlich ein ziemlich heikles Thema. Und nachahmenswert ist etwas anderes. Doch: Nichtsdestotrotz kann es wunderschön sein. Zumindest, wenn alle drei Lieblinge (relativ) bald im Träumeland sind…

Allerdings könnte es sich trotzdem einmal einspielen und bessern. Eines haben wir mittlerweile aber schon gelernt: Ein abendliches Einschlafen zu dritt im Zimmer zeigt sich als Mission impossible 1, 2, 3, 4, 5 oder Mission Impossible Neverending Story. Wir haben es probiert. Jedoch mehr als nur vergeblich und bewundernswert, wenn das jemand schafft! Ehrlich – Tipps sind willkommen! Bei uns könnt ihr euch das in etwa so vorstellen: Die Kleinste ist jedes Mal, wenn wir es probieren, sie in ihrem Bettchen und bei den Schwestern zu lassen, aufgedreht, nervös und unter Dauer-Power. Fast so, als ob sie einen Becher mit fünf Kugeln vom geliebten rosaroten Erdbeer-Eis inklusive Schoko-Sauce, Marshmallows und Sahne als Topping verdrückt hätte. Eltern wissen bestimmt, was ich meine. Sie ruft abwechselnd unermüdlich à la „Unsere kleine Farm“ die Namen der Schwestern. „Gute Nacht Jim Boy. Gute Nacht, Elizabeth“ lassen grüßen.

Im Sinne des Familienfriedens müssen wir nachgeben – das (immer größer werdende) Baby-Mädi darf im Mama-Papa-Bett einschlafen und wir tragen es dann in sein Bettchen. So viel zu Konsequenz, Vorsätzen und so.

Jetzt kommt allerdings eine weitere Problematik, die manche von euch bestimmt auch kennen: Schon während des Zähneputzens beginnt die Diskussion. „Die Mama ist bei mir dran!“, behauptet die Klitzekleine aus heiterem Himmel. „Nein, sie war gestern bei dir. Heute bin ich dran! Der Papa kommt zu dir!“, widerspricht ihr die nächste. „Nein – Mama. Mir!“, schreit wieder die Kleinste. So geht es dann à la Ping-Pong weiter. Die größte Prinzessin schaut mich in der Zwischenzeit verstohlen an und flüstert heimlich: „Mama, wenn die Kleinen schlafen – kommst du dann zu mir? Biittteeee!“

Ach, wenn ich mich nur dreiteilen könnte oder meine Kinder alleine einschlafen würden. Das tun sie aber (leider) nicht. Ob ihr es nun glaubt oder nicht, wir hatten es als Zwei-Kind-Eltern wirklich im Griff – EHRLICH, liebe Leserschaft. Als die Großen ein und zwei Jahre alt waren, sind sie nach der Gute-Nacht-Geschichte in ihren eigenen Bettchen ohne Händehalten und daneben liegenden Eltern eingeschlafen. Dieses Ritual hat sich mit einem Umzug, dem Arbeitsstart und dann mit den Geschwistern wieder geändert. Dabei ist es geblieben.

Tja, inzwischen spiele ich sogar mit dem Gedanken, ob das eventuell in den Genen (oder so) liegen könnte? Ist das Nicht-Alleine-Einschlafen-Wollen etwa vererbbar? Wenn ja, dann haben es die Mädchen von ihrem Papa. „Wann kommst du endlich? Wann bist du fertig?", heißt es von ihm Abend für Abend. Auch mein geliebter Göttergatte hat es lieber, wenn ich neben ihm liege.

Vier Kids, damit habe ich nicht gerechnet

Als mein lieber Mann und ich geheiratet haben, hätte ich nie und nimmer damit gerechnet, dass ich zehn Jahre später mein geliebtes Cabrio indirekt gegen einen Multivan tauschen muss. Ich habe mich – im Gegensatz zu vielen anderen Müttern – sehr, sehr lange dagegen gewehrt, wollte das Freiheitsfeeling bewahren, bin auch noch schwanger mit drei Mädchen „im Gepäck" offen mit meinem alten Flitzer herumgedüst. Doch mit vier Kindern geht es – Freiheit hin oder her – rein logistisch nicht mehr anders, Mama und Kids benötigen ein größeres Auto. Das Cabrio wird nun nur mehr vom lieben Göttergatten fürs in-die-Arbeit-Fahren genutzt. Aber egal, that's life und das ist gut so.

So, das mit dem Auto ist ja im Grunde klar und für jeden nachvollziehbar. Mit der Geburt des vierten Schatzes sind allerdings auch noch andere Punkte aufgekommen, mit denen ich anfangs nicht gerechnet habe.

ICH ERSTICKE IN WÄSCHE… Eh klar, denkt sich jetzt bestimmt jeder, doch war ich mir dieser enormen Menge nicht bewusst. Naiverweise denke ich mir, wie viel Wäsche bringt so ein kleines entzückendes Menschlein schon mit sich? Da habe ich mich stark geirrt. Ich bin am Dauer-Waschen, die Waschmaschine, der Trockner, die Geräte rattern durch, sind kurz vorm Burnout. Es fängt schon in der Früh an: Body Nr. 1 und der Schlafsack sind mit einer bräunlich-breiigen Konsistenz „behübscht", der kleine Schatz muss gebadet werden, Waschlappen, Handtuch. In diesem Tempo geht es weiter: Body Nr. 2, das Shirt und mein T-Shirt sowie meine Hose schreien nach dem Muttermilch-Frühstück nach einem Wechsel. Tja, und hinzu kommen noch meine drei entdeckungsfreudigen Ronjas, die in der Zwischenzeit sehr gerne im Garten sind und herumtollen. Besserung ist also keine in Sicht.

BUBEN WICKELN... Ich dachte, ich bin die Wickel-Meisterin, wäre nach meiner jahrelangen Erfahrung mit kurzzeitigen Pausen zwischen Pfingsten und August eigentlich kein Wunder. Doch Übermut tut selten gut! Bereits beim ersten Mal habe ich das Handtuch geworfen und mein lieber Mann musste übernehmen... Buben sind anders.

BABYS SCHREIEN UND DER SCHLAFMANGEL… Natürlich weiß ich, dass Babys schreien, es ist ja nicht so, dass meine drei älteren Lieblinge immer nur gelacht und geschlafen hätten. Halt, Stopp, das Baby-Mädi anfangs schon – aber das ist eine andere Geschichte, es ist erst später aufgewacht. Mein kleiner geliebter Bub ist diesbezüglich anders, in der ersten Zeit komme ich zu nichts, nicht mal eine simple Banküberweisung ist drinnen. Ich bin damit beschäftigt, den Liebling zu tragen, ihn zu trösten, ihn zu halten und ganz ganz fest zu kuscheln. Der Schatz schläft untertags wenig bis kaum, das kommt mir dafür nachts zugute, ich muss das kleine Baby nur zweimal stillen, that's it.

Im Grunde ja wunderschön. Das einzige Problemchen: Dieser eigentliche Vorteil hilft allerdings nichts, wenn die anderen wach sind. Oder wir Vollmond haben!

Hello Panda-Augen!

momof4 oder Schlafmangel de luxe

Gerade letztens gab es wieder Schlafentzug de luxe. Und nein, nicht das Baby war munter und wollte gefüttert werden… Einerseits brennen mir die Augen vor Müdigkeit und andererseits brennt es unter den Fingernägeln, denn ich möchte gerne wissen, wann sich das ändert und ob es euch besser geht?

Tja, ist es der Mond oder ist es das bequeme Mama-Papa-Bett? Keine Ahnung – wir haben inzwischen jedoch vorgesorgt. Damit alle Eventualitäten ausgeräumt werden können, haben unsere Kinder absichtlich die gleichen Matratzen wie wir. Ja, das geht. Theoretisch und praktisch, doch: Es nützt trotzdem nichts. Immer wieder blicke ich auf gefühlte vier Stunden Schlaf zurück. Da macht die bequeme Matratze auch nichts mehr wett…

„Mama, Mama, darf ich in eurem Bett einschlafen", so fing es letztens um halb neun am Abend schon an. „Okay, wenn es anders nicht geht", denke ich mir und lege mich zum Schatz dazu. Eh schon wissen: Irgendwann ändert es sich und ich werde es missen… Als wir ins Bett gehen, trägt mein lieber Mann den Goldschatz in sein Zimmer und wir haben das Bett für uns. Zehn Minuten lang…

Tapp. Tapp. Tapp – ein Liebling steht im Schlafzimmer und kuschelt sich zu mir. „Okay!“, denke ich, sie werden ja wirklich viel zu schnell groß. Mein lieber Göttergatte ist diesbezüglich ja weniger tolerant: „Das kann nicht sein! Ich will das nicht! Ich will nicht andauernd nur getreten werden!“ Er zieht eine Kissen-Mauer und erklärt dem Sonnenschein, dass es beim Übertreten dieser Grenzen einen „Bettverweis“ gibt. Tja… Für mich bedeutet das: Aus 80 Zentimeter werden 30,5 (meine Kinder können prinzipiell nicht gerade liegen, der Hang zur Diagonalen ist da…). Grundsätzlich nicht das Problem, wenn nicht zwei Stunden später noch jemand zu uns käme. Irgendwie schaffen wir auch das. Ich liege am äußersten Rand und zwei Mädchen neben mir. Wie ihr seht, ich leide nicht unter Platzangst oder habe ich keine anderen Phobien, ich gebe mich im Normalfall mit wenig Platz zufrieden…

Doch Achtung, es nimmt kein Ende, plötzlich höre ich einen Schrei. „NEIN!!! SO NICHT!

Ich bin neben der Mama gelegen. Geh' weg. Sofort!", fängt die Streiterei in der Nacht an. Schupfen, etc. pp. inklusive – Details erspare ich euch. Und nein, ich habe um 2 Uhr in der Früh keine Geduld und vor allem auch keine Lust, einen Streit zu schlichten. Schafft es jemand, zu dieser Uhrzeit fair zu bleiben und die Streithähne ins eigene Bettchen zu schicken, Hut ab und her mit den Tipps (oder dem Aufputschmittel). Ich lege mich jammernd zwischen die Kinder. Damit niemand rausfällt, schiebe ich das Gitterbett mit dem schlafenden Herzensbuben vorsichtig zum Rand.

„Irgendwie geht das schon", denke ich mir und beneide meinen Mann, der seine Linie straight durchzieht und mittlerweile sogar ins andere Bett geflüchtet ist. Die von ihm errichtete Mauer steht zwar nur mehr imaginär, aber er hat das den Mädchen eingetrichtert, sie rutschen mit ihren Füßchen partout nicht auf seine Seite.

Nein, auch nicht diagonal

Guten Morgen zum Abgewöhnen

Ja, es gibt sie, diese besonderen „Morgen“, das „Guten Morgen“ bei einem Termin um 8:00 Uhr erübrigt sich dabei eigentlich, denn bis zu diesem Zeitpunkt haben sich bei uns zu Hause schon Dramen abgespielt – ja, Dramen. Das Anziehdrama, gefolgt vom Frisurendrama, dem Zahnputzdrama und dem Schuhdrama. Hier ein Beispiel par excellence. Sekündlich wartete ich auf den Schrei: „Versteckte Kamera! Alles nur ein Scherz!“ Allerdings weit und breit kein Schrei, sondern nur eine Schreierei.

Angefangen hat alles mit dem falschen Kleid. „Das ist doch nicht mein schönstes Kleid. Ich sagte, ich will das schönste Kleid anziehen“, sagt einer meiner Lieblinge, der stets top-gestylt sein will. Tja, ein Jeans-Kleid, das derzeit zwar sehr en vogue ist, reicht nicht. Mhm… Es muss ein nude-färbiges mit einer dazu passenden Strumpfhose sein. Mhm… Klammer auf. Offene Frage: Woher hat sie das wohl? Klammer zu.

Das nächste Problem ergibt sich nicht zeitverzögert, sondern parallel. „Rosarot. Ich liebe rosarot. Ich will nicht blau", erklärt die klitzekleinste Prinzessin schreiend. Sie hat diesbezüglich auch schon ihre Wünsche und lässt sich von Papa nicht mehr das erstbeste - sprich das oberste - T-Shirt anziehen.

So weit, so gut. Zwischendrinnen beschwert sich die nächste Prinzessin über eine meiner Unarten. „Mama, warum drehst du die T-Shirts nie um. Immer muss ich das machen", sagt sie und hat eigentlich recht. Beim Abhängen oder Herausnehmen aus dem Trockner verlässt mich manchmal die Muße und ich bin zu faul dazu. Und schon tut sich das nächste Problem auf: Das arme Kind findet keine zusammenpassenden Socken, die sind nämlich auch aus. Spätestens jetzt gelobe ich Besserung und sag ihr, dass sie sich welche von der Schwester ausborgen soll. Glück für mich – es liegen nicht so viele Größen dazwischen.

Gott sei Dank kommt der kleine Mann nach seinem Vater, er spricht noch nicht so viel und ist nicht so wählerisch.

Sodala, die Kinder wären also einmal angezogen – das nächste Problem bin ich. Das mag jetzt vielleicht komisch klingen, aber irgendwie verstehe ich meine Mädchen. Ich bin Morgen für Morgen ebenfalls mit meinem Kleiderschrank, möglichen Kombinationen und der Anzieherei überfordert und hätte manchmal gerne jemanden, der mir alles vorbereitet. Selbstverständlich mit Stil und Geschmack. Das Leben ist aber kein Wunschkonzert oder vielleicht doch ein bisschen? Während mein geliebter Mann so unfassbar entzückend ist und das Frühstück zubereitet, darf ich mich durch meinen Kleiderkasten wühlen und nach einem lässigen Kleid suchen, das ich sowohl beim Termin als auch später am Spielplatz anziehen kann. Einzig und alleine die Pumps werden gegen Senkers getauscht.

Stunden - nein, ein kleiner Scherz -, exakt fünf Minuten später bin ich angezogen und bereit für die Frisuren meiner Mädchen. Schließlich müssen auch die Haare passen. Klammer auf. Wie bekannt mir das vorkommt... Klammer zu.

In diesem Sinne: Morgen wird es bestimmt besser!

Die Haare und die abgebrühten Mamas

Die Frisuren müssen passen. Ich glaube, jeder Frau versteht mich jetzt und fühlt mit mir. Zur zusätzlichen Herausforderung werden die Locken, die nicht-Locken, die zu langen oder die zu kurzen Haare allerdings, wenn man neben Job, Haushalt und Co. auch drei süße Mini-Mes daheim hat, die ganz nach der Mama kommen... Merci, die Männer im Haus sind da anders - just saying!

6:30 Uhr

Nach der bei uns Ladies üblichen in die Länge gezogenen Gewand-Auswahl und dem fünften Mal Umziehen sind unsere Haare dran. Ich hab meine am Vortag gewaschen und curle sie nun ruck-zuck mit dem Lockenstab. Mittelweile geht das recht schnell, zum Föhnen bin ich abends nämlich schlichtweg zu faul.

Doch mit mir ist es nicht getan. „Bitte Schatz, setze dich auf den Stuhl, damit ich dich frisieren kann“, sage ich zu meiner großen Prinzessin, die es leider bitter nötig hat. Vorsichtshalber steht auch schon der Zauber-Spray, mit dem das Bürsten leichter geht, bereit. Ich Rabenmutter habe sie mit dem Dutt ins Bett gehen lassen... Tja, ich sage das mit dem Frisieren einmal. Zweimal. Dreimal. Viermal. Beim fünften Mal etwas lauter, was sie wiederum komplett irritiert. „Du kannst auch normal mit mir sprechen“, brüllt sie mich an. Ja, könnte ich beziehungsweise habe ich es auch getan, nur hört mir dann halt leider keiner zu.

Der erste Frisur-Wunsch ist moderat, der große Sonnenschein will einen schlichten Pferdeschwanz. Anders sieht es bei der Klitzekleinsten aus, der ich meiner Meinung nach einen hübschen seitlichen Zopf gemacht habe. „Nein, ich will das nicht. Ich will eine Pippi-Frisur“, erklärt sie mir und schreit. Okay. Gegessen oder getrunken habe ich noch keinen Bissen, aber egal. „Mama, gib mir ein Wasser bitte“, meldet sich zwischenzeitlich die nächste Maus zu Wort. „Mama, Pippi-Zopf mit rosarotem Haargummi“, schreit wieder die Kleinste. Tja, selber schuld – warum haben auch alle drei Mäuse lange Haare, frage ich mich insgeheim und überlege laut, allen einen Pagenkopf schneiden zu lassen. „Nein, sicherlich nicht“, kontern meine große Maus und mein Mann (!!!) unisono. Tja...

Sodala, während ich dann den Pippi-Zopf mit den rosaroten Gummis mache, esse ich schnell einen Bissen Brot. „Mama, ich möchte heute zwei geflochtene Zöpfe, wobei der eine in den anderen geht", erklärt mir der nächste Goldschatz seinen Wunsch. Was meint die Prinzessin bloß? Ich mache ihr einen Französischen Zopf. „Mama, das meine ich nicht – verstehst du das nicht?" Nein, tu ich nicht...

Doch irgendwie – keine Ahnung wie - gelingt es mir dann. Gefühlte Stunden später – also um 8:00 Uhr (!) bin ich beim Termin.

Was mich nach dieser Herausforderung aufheitert, sind die Willkommens-Worte meines charmanten Gegenübers: „Haaaaalloooo – Was setzten wir um? Was tun wir jetzt? Was machen wir? Uns kann schließlich niemand mehr etwas anhaben! Wir sind schon langen munter und abgebrüht! Wir sind Mütter!!!!!!!!!"

YESSSS!!! Lasst uns starten...

Der Schlafentzug, der Hund und der Mond

No worries, wie es auf Neudeutsch so schön heißt, auf einen relativ normalen Schlafrhythmus warten mein lieber Göttergatte und ich vergebens, liebe Leserschaft. Obwohl relativ normal hier womöglich auch eine weit gedehnte und sehr offene Formulierung ist – für mich sind es vielleicht sechs Stunden am Stück. Mein Mann wäre mit acht Stunden wahrscheinlich anspruchsvoller oder in diesem Fall eher realitätsferner.

Was mich hier ein bisschen tröstet: Wir sind nicht alleine. Meine Freundin, ebenso Mama, hat seit Weihnachten einen Schlafring, den sie dauernd trägt und der ihren Schlaf, die aktive und auch die Ruhe-Zeit überwachen soll. Doch was passiert damit? Er ist bereits um 8 Uhr dunkelrot, um halb neun sagt er ihr, sie muss sich ausruhen und die Beine hochlegen. Schaffen tut sie das natürlich nicht. Ergo dessen vermute ich mal, den Ring kann ich mir sparen, er wird hier ähnlich ticken.

Gerade gestern hatten wir nämlich wieder eine sensationelle Nacht. Mein Mann und ich kuscheln uns so gegen 22 Uhr ins Bett. „Tapp. Tapp. Tapp", geht es keine fünf Minuten später. Ein Mäuschen kommt und wie so immer, tapst es in die Mitte. Doch die kleine Lady hat keine Chance, mein lieber Göttergatte fordert sie auf, wieder in ihr Bett zu gehen und wenigstens ein bisschen dort zu schlafen. Wegen des Wachsens wäre es. Mhm, sie ignoriert ihn gekonnt, dreht ihm den Rücken zu und schläft weiter. Nichts da, mein großer Schatz bleibt hart, nimmt das Mädchen und trägt es zurück in sein Bett. Kurz atme ich durch.

„Tapp. Tapp. Tapp", gefühlte 30 Sekunden später liegt sie schon wieder zwischen uns. Das Spiel geht weiter, der liebe Göttergatte schnappt die kleine Prinzessin wieder und bringt sie in ihr Zimmer. And again: „Tapp. Tapp. Tapp!" Spätestens beim vierten Mal sag' ich: „Ach, lass sie doch – es wird mühsam. Ich bin müde."

Und wie ist das so? Just in dem Moment höre ich „Tipp. Tipp.Tipp" und schon liegt ein weiteres kleines Mini-Menschlein neben mir und kuschelt sich dazu. Der Schlafmangel macht sich inzwischen bei den größer werdenden Furchen unter meinen Augen bemerkbar, kompensiert wird das Ganze nur durch die nächtlichen Kuscheleinheiten, die ich trotz zwischenzeitlichen Tritten und Hieben sehr genieße.

Doch warum ändert sich der Schlafmangel hier nie? Nicht so ganz unwesentlich ist hier vielleicht die neue Tatsache, dass wir oder besser ich, nun spätestens um 5:30 Uhr aufstehen muss. Langes Schlafen, Schlafend-Stellen oder ein Verstecken unter dem Polster ist nicht mehr drinnen. Unser neues Familienmitglied, das kleine Hunde-Baby, muss raus und der kleine Mister will natürlich mit. Zwar nur im Pyjama, er ist Gott sei Dank weniger anspruchsvoll als die großen Schwestern. Immerhin!

Tja, was soll ich sagen? Mehr als die Worte „Meine Schätze verkürzen mir zwar die Nächte, dafür versüßen sie mir aber den Alltag“ erübrigt sich wahrscheinlich. Und zum Glück haben wir manchmal Vollmond, da bin ich so oder so munter. Aber das ist eine andere Geschichte...

Schlafmangel-Tipps

Was mich betrifft, kann man in Bezug auf den Schlafmangel, Wanderungen und Co. nicht viel lernen. Ich habe mich jedoch umgehört und lasse euch abschließend noch ein paar tolle Tipps von Expertinnen hier:

Tipp 1 Mittagsschlaf: „Ich habe den verlorenen nächtlichen Schlaf oft mit einem Mittagsschläfchen ausgeglichen, wenn der Jüngste Siesta gemacht hat; manchmal mache ich das noch heute, wenn die Nacht besonders kurz war." Michaela, www.littlebee.at

Tipp 2 Koffein und Wundergetränke: „Nach einer schlaflosen Nacht brauche ich viel Koffein und Bewegung an der frischen Luft. Die frische Luft macht mich munter und die Kleinen müde." Stephanie, www.3fachjungsmami.net

Tipp 3 mit den Kindern ins Bett: „Wenn es die Zeit zulässt, gehe ich mit meinen zwei Jungs schlafen. Ich war gestern um 19 Uhr im Bett. Tja, wenn das nur immer der Fall wäre..." Anna, www.Birdieblog.at

Tipp 4 Annehmen, „Konventionen" über Bord werfen und pragmatisch denken: „Wir haben im Büro/Wohnzimmer eine Schlafmöglichkeit. Da schlafen Oma und Opa, wenn sie bei uns sind. Wenn allerdings ein Kind krank ist, oder in der Nacht klar wird, dass es sehr unruhig wird, legt sich einer von uns dorthin. Meistens derjenige, der am nächsten Tag was Wichtiges im Job zu erledigen hat (Flug, Präsentation) oder derjenige, der einfach mal Schlaf braucht. Für uns ist es okay, einige Tage im Monat in getrennten Betten zu schlafen, aber so kommt jeder von uns immer wieder mal zu einer erholsamen Nacht." Karin, www.Jubeltage.at

Tipp 5 Gästezimmer: „Meine Erfahrung ist, dass die Kids immer besser schlafen, wenn sie mich (die Mama) gar nicht spüren. Wenn die Nächte also unerträglich werden für die Mama, hilft ausziehen ins Gästezimmer und Papa/ Oma/Opa übernehmen mal die Nacht. Hat bei uns so gut geholfen beim Abstillen und Durchschlafen…" Christina, www.diedanners.com

Tipp 6 Achtsamkeit einbauen: „Babys und Kleinkinder schlafen anders, als wir Erwachsenen. Es ist so, bei manchen geht es schneller, bei manchen weniger schnell. Ich finde es als eine gute ‚Achtsamkeitsübung' in solchen Momenten, in denen man sich, kaputt wie man ist, so sehr wünscht, dass etwas anders wäre, seine Gedanken zu beobachten und sich vor Augen zu halten, dass nichts ewig ist. Genauso wie die Wolken vorbeiziehen, ziehen auch die schlaflosen Nächte vorbei. Finden wir in diesem anstrengenden Moment, vielleicht auch einen Moment der Schönheit? Eine Falte im Babygesicht, die ich sonst nicht sehe? Wenn ich nachts neben meinen Söhnen sitze, müde und kaputt, fluchend und mich nicht bewegen darf, damit sie nicht gleich wieder aufwachen, dann nutze ich das, um in mich hineinzuhören, tief durchzuatmen, ich versuche ein bisschen zu meditieren. Das ändert zwar nichts daran, dass es manchmal mühsam ist, aber es macht es leichter das zu ertragen." Birgit, www.suchtdasglueck.at

Tipp 7 bei der Oma übernachten ;-) Das Problem: Wir Eltern sind dann garantiert von automatisch aufgrund der inneren Uhr um 6 Uhr munter.

MAMAWAHNSINNHOCHVIER

Mama mal 4, Working-Mom, Storyteller, Bloggerin. Leicht chaotisch, perfekt-unperfekt, shopping-affin und immer motivierend! Verena Enz schreibt seit 2015 auf dem Blog www.mamawahnsinn.com pointiert über den Mamaalltag und schafft es auf dieser Plattform und unter @mamawahnsinnhochvier auf Instagram, tausenden Follower immer wieder ein Lächeln ins Gesicht zu zaubern. Der Blog war bereits bei der Cebit in Hannover sowie beim Madonna Blogger Award nominiert. Die Texte erscheinen ebenso auf eltern.de. Der Vierfach-Mutter ist es wichtig zu zeigen, dass das Elternleben trotz der schlaflosen Nächte mit ein bisschen mehr Leichtigkeit und einem Lächeln einfacher zu meistern ist. Auch mit vier Kinder. Oder gerade deshalb.

Alle Storys von MamaWahnsinnHochVier
zu finden auf www.story.one

schreib's auf

story.one

Viele Menschen haben einen großen Traum: zumindest einmal in ihrem Leben ein Buch zu veröffentlichen. Bisher konnten sich nur wenige Auserwählte diesen Traum erfüllen. Gerade einmal 1 Million publizierte Autoren gibt es derzeit auf der Welt - das sind 0,013% der Weltbevölkerung.

Wie publiziert man ein eigenes story.one Buch?

Alles, was benötigt wird, ist ein (kostenloser) Account auf story.one. Ein Buch besteht aus zumindest 12 Geschichten, die auf der Plattform gespeichert werden. Diese lassen sich anschließend mit ein paar Mausklicks zu einem Buch anordnen, das sodann bestellt werden kann. Jedes Buch erhält eine individuelle ISBN, über die es weltweit bestellbar ist.

Auch in dir steckt ein Buch.

Lass es uns gemeinsam rausholen. Jede lange Reise beginnt mit dem ersten Schritt - und jedes Buch mit der ersten Story.